찻잎이 그린 등고선

국립중앙도서관 출판시도서목록(CIP)

찻잎이 그린 등고선 : 김장수 시조집 / 지은이: 김장수. --
대전 : 오늘의 문학사, 2014
    p. ;   cm. -- (오늘의문학시인선 ; 327)

ISBN 978-89-5669-595-2 03810 : ₩8000

한국 현대 시조[韓國現代詩調]

811.36-KDC5
895.714-DDC21   CIP2014004097

찻잎이 그린 등고선

김장수 시조집

오늘의문학사

산골에 눈이 쌓이는 날, 고갯길 운전에 따른 귀가 걱정보다 산봉우리부터 골짜기까지 하얗게 덮인 모습에 흥분되는 내 자신의 모습을 보며 아직도 유년기에 머물고 있는 것은 아닌지 하는 생각이 들 때가 있다. 미끄럼 타는 자동차를 간신히 고개 마루에 올려놓고, 차에서 내려 산 아래를 굽어보면 고개를 오르며 일었던 불안했던 마음은 사라지고 즐거움과 기쁨이 하늘을 난다.

살면서 늘 즐거운 일만 있을 수 없지만 마음이 착잡하거나 답답할 때 이를 달래기 위한 일탈과 넋두리, 이들이 나를 지탱해주는 버팀목이 되어주었고 나를 돌아보며 살 수 있는 여유를 주었다.

어쩌면 나는 오늘도 더 멋진 일탈과 남들이 알 수 없는 넋두리를 기대하며 하루를 열고 있는지도 모른다.

2 달맞이꽃

차례

3 빈 가슴

차례

4 채석강 낙조

5 외출

1부

무심한 세월

남이골 뒤로 하는 날

가는 세월 머리 이고 넘나들기 이년 여
벚꽃에 취하다가 석양에 멈춰 서고
하얀 꽃 가득한 산골 가슴 속에 머무는데.

아쉬워 돌아보니 나무 숲 그 자리에
지는 해 붉은 빛도 어제와 하 같은데
고개를 넘기도 전에 그리움이 가득하고.

만났다 헤어지고 찾았다 떠나가고
세상의 모든 사람 그러하며 사는 데도
가슴에 아쉬움 가득 지난 세월 쌓이네.

새 둥지 트는 날에

떠나야 떠나얀다 새 희망 가득 안고
철마산 기슭아래 가마실 너른 터로
보티재 가파른 고개 가슴 한곳 쌓아두고.

철마산 큰 암벽이 누르고 다지어서
가마솥 예 없어도 지하수 데워진 곳
내부리 외부리 마을 이름마저 뜨겁다네.

싸맸던 봇짐 풀어 하나하나 덜어내어
칠십여 어린 새싹 푸른 꿈 펼치도록
꿈 너머 너른 세상에 꿈 가득히 심도록.

칠백의사 호국정신 가슴에 가득 담아
가마실 뜨거운 열기 가슴에 가득토록
큰 희망 가득 안고서 성실하게 살도록.

가을 밤

초가을 저녁 하늘 손톱달 밝히는데
어둔 밤 가득 메운 풀벌레 우는 소리
전깃줄
오르내리며
오선지를 채운다.

그리움 모두 모아 작은 달에 담아 두고
부는 바람 살짝 불러 내 마음 말하여도
바람은
아랑곳 않고
제 갈 길만 가누나.

무심한 세월

추석 아침 햇살 잊고 꿈속을 거닐다가
새벽에 찾은 아들 목소리도 잊고서는
아침에 왜 깨우느냐 짜증내며 눈 비비고.

기억 흐려짐을 당신조차 못 느끼고
기쁨도 즐거움도, 노여움 두려움도
모두 다 바람에 얹고 슬픔만이 남았다네.

뜨고도 꽉 닫힌 눈 열렸어도 꽉 막힌 귀
답답함 묻어두고 지난 시절 그리다가
옛 추억 눈물 되어 흐르다 두 뺨 가득 골이 지고.

오랜만에 찾아온 집 앉았다 누웠다가
밥 두 끼 들고서는 있던 곳 되 가잔다
혹시나 사람 찾을까 기다림이 여울 되어.

오늘도 반 평 남짓 침대 위에 의지하곤
아침 햇살 넘나드는 창 보며 하루 열고
저녁 해 길게 누울 때 흐린 기억 접는다.

지는 해 내 맘 아는지

전동면 한 모퉁이 기찻길 옆 언덕 위에
우리 안 꽃사슴은 고향 하늘 쳐다보며
두고 온 고향 생각에 눈물지며 서성인다.

수목원 언덕 너머 흘러가는 흰 구름은
나뭇가지 둥지 찾아 나는 새 그늘 주고
정든 곳 몹시 보고파 찾는 발길 희망 주고.

나는 새 찾는 쉼터 지붕 없는 둥지라도
반달곰 쉬는 쉼터 우리 안에 갇혔어도
맘 편히 쉴 수 있으니 그들 쉼터 부럽구나.

상처 가득 가슴 안고 빈 하늘 헤매다가
흰 구름 의자삼아 지친 몸 쉬려하니
지는 해 내 맘 아는지 차마 지지 못하네.

* 베어트리파크에서

호떡

쌀 없어 겨울이면
건너뛰던 점심끼니

온 식구 연명하려
사먹던 납작 보리쌀

떡 굽는
철판 위에서
모두 같이 익는다.

호떡 틀 철판 위서
세월이 춤을 춘다

이글이글 소리 내는
기름방울 머리 이고

어릴 적
고운 꿈들이
세월 같이 익는다.

향기

가까운 친구한텐
향기를 못 느낀대

화장실 들어선 후
나는 냄새 못 느끼듯

서로가
가진 향기에
익숙해져 있어서래.

무심코 한 말에

40년 전 초등학교 자연과목 시험시간
문제를 풀고서도 한 문제 자신 없어
시험지 내지 못하니 옆 친구가 베껴 냈지.

시간이 다 되어서 시험지 제출하니
모르면 그냥 내지 왜 베껴 냈느냐네.
스스로 풀었다 하다 꿀밤까지 선물 받고.

베껴서 먼저 냈던 부반장 하던 친구
그 날 일 얘기하니 전혀 기억 없다하나
내게는 응어리 되어 문제까지 생생하고.

길 가던 이 발에 채인 돌멩이에 얻어맞아
지나던 큰 개구리 제 명에 못살듯이
무심코 한 말과 행동에 어린 가슴 멍들었지.

말하기 좋다하여 남의 말 쉽게 하면
말한 이 쉬 잊어도 들은 이 상처 되니
해얄 말 안 해야 할 말 가려가며 살라하네.

은행을 구우며

은행 알 우유팩 담아 전자렌지 구동하면
펑 펑 펑 폭발소리 은행 알 터지는 소리
가슴에 쌓였던 앙금 창밖으로 달아나고.

고소한 은행 냄새 닫힌 창 열고 나와
코 안을 감는 향기 입안에 도는 군침
봄부터 이글거린 햇빛 열매 안에 숨어있다.

사각상자 작은 공간 은행 알 익는 소리에
해안포 포성소리 연평하늘 가득하고
날다가 놀란 철새들 갈길 잃고 헤맨다.

찜질방 구석구석 마주 앉은 연평 주민
두고 온 고향 산천 주인 잃은 가축들을
돌아가 다시 만날 날 꿈에서도 그리네.

지난 날 아쉬워한들

이 세상 태어난 뜻 아직 알지 못하지만
덧없이 흘러가는 무정한 한 해 한 해
살은 날
되돌아보니
이 시각이 천국이라.

머릿결 백발 되고 이마에 내 흘러도
오늘이 즐거우면 살아온 삶 성공이지
지난 날
아쉬워한들
가버린 날 안 오네.

종합병원 병동에서

세상사람 다 모였다 커다란 여러 병실
아픈 곳 각자 달라 처맨 곳 제 다르고
환자 옆 지키는 이들 근심 모두 다르고.

심장병 수술 환자 입원한 병실에는
남자, 여자 같이 있어 아파도 참 좋겠다
입은 옷 갈아입고서 용변보기 불편해도.

지하에 자리 잡은 보호자 대기실 안
넓은 방 이곳저곳 피로에 지쳤어도
중환자 빨리 깨어나 쾌유되길 기원하네.

사람들 사는 세상 한 치 앞 알 수 없어
오늘이 종말인 양 촌음도 아끼어서
짧은 삶 후회 없도록 사람답게 살라네.

정년퇴임 축하하네

경인년 끝자락의 십이월 이십팔일
이십구 년 공직생활 마무리 하는 자리
지나간 덧없는 세월 살그머니 비켜섰네.

군민의 공복으로 불편함 도와주려
청춘을 불태우며 매달리던 군민 복지
세월이 지난 후에야 고마움이 가슴 남고.

예고 없이 찾은 병마 건강을 앗아가니
휠체어 의지해도 마음은 내 것이라
가슴 속 고통과 번뇌 다잡으며 버틴 세월.

두 아들 곧게 자라 사회의 일원되고
아내는 변함없이 사랑으로 내조하니
세상의 부귀와 영화 그 무엇이 부러우리.

남보다 늦었어도 천직으로 여긴 일터
정성 다해 섬긴 주민 당신 뜻 흠모하니
간 세월 야속타 말고 남은 생애 즐기시게.

어깨 위 짐들일랑 이제는 내려두고
가슴 속 욕망들도 말끔히 비우고서
좋은 일 좋은 날들만 임의 앞길 가득하길!

* 성영규 정년퇴임일에

새해 첫 날

흰 눈이 내린 아침 세상이 잠들었다
산과 들 나뭇가지 순백의 향연들이
새 아침 들 뜬 마음을 포근하게 감쌌다.

눈 덮인 고속도로 시야가 좁아져도
마른 풀 마른 가지 두툼히 덮은 이불
빛나는 하얀 세상 뒤 꿈을 꾸는 희망들.

달구었다 두들기고 식혔다 또 달구어
연약한 무른 철이 쓸모 있는 쇠 되듯이
영하의 추위 속에도 새 싹 돋는 소리들.

비바람 거칠어도 가뭄이 심하여도
가녀린 가지 위에 피어날 파란 새싹
고운 꿈 가득 자라날 바로 그 날 오겠지.

혹한

말 달리다 멈춰 서니 입김도 얼어붙어
수은주 곤두박질 멈춘 곳 영하17도
굴뚝서 나오는 연기 빛깔바래 누워 날고.

작년에 내린 흰 눈, 엊그제 내린 눈들
얼은 흙 두들겨도 문 열어 안 반기니
하늘만 야속하다며 돌아갈 곳 못 찾네.

그놈의 북극해는 왜 그리 녹았다오
시베리아 찬바람은 남쪽으로 왜 분다오
혹한 속 비닐하우스 안엔 긴 한숨만 머물고.

여울 안 한가로운 크고 작은 겨울 철새
고향 땅 안 찾아도 고향 품이 여기라네
혹한에 아랑곳 않는 철새 꿈이 부러워.

당뇨병 치료센터

자전거
타는 이들
탁구게임 즐기는 이

휴양지 찾은 듯이 밝은 얼굴 남녀노소

육신은
제약 많아도
마음만은 천사구나.

인슐린
공급하는 작은
기구 부착하고

완치될 날 기다리며 외로움 잊고 사네

충주호
너른 호수를
온 가슴에 품고서.

2부

달맞이꽃

전원일기

구름 그늘 뒤편에서 태양은 잠을 자도
흙 위엔 온기 가득 대기는 열기 가득
한낮의 찌는 더위에 얼굴 가득 맺힌 땀.

아침저녁 쉬지 않고 채소밭 풀을 매도
장마철 내리는 비 잡초에 약수란다
등 돌려 되돌아보면 다시 돋는 풀잎들.

참깨 꽃 가득 핀 밭 꿀벌들 바삐 찾고
붉게 익은 토마토를 산비둘기 반갑다네
가을이 되기도 전에 객이 먼저 웃는다.

파종기 지나 뿌린 당근 잎 힘껏 솟고
가지에 열매 매단 파프리카 붉어지니
등에서 흐르는 땀이 삼복더위 식힌다.

밭에서 일하는 손 더위에 지쳐가도
하루 해 길어 좋고 무더위도 고맙다지
햇빛을 한껏 품어야 열매 가득 열리니.

고구마 꽃

한낮의
찌는 더위
거친 숨 이겨내며

긴 가뭄
타는 목을
묵묵히 참아내고

밭이랑 가득한 줄기
파란 하늘 품었다.

가늘고
여린 줄기
자색 고구마 순

붉은 빛
굵은 줄기
노란색 고구마 순

그리움 가득히 담아
출렁이는 작은 호수

장맛비 오는 날

연이틀
내리는 비
마른 내 가득하고

말랐던
작은 연못
배부르다 되새김질

조용한
작은 골짜기
골 가득한 물소리

빗소리
냇물소리
아침부터 내는 화음

보고픈
사람들을
가슴 밖에 불러내어

흐르듯
빠른 세월에
눈물짓게 하는가.

달맞이꽃

이른 아침 뜨는 달이
그리도 보고파서

새벽부터 활짝 피어
밝은 달 기다리나

여름 날
긴긴 하루를
누구 함께 벗하며.

고운 임 그리워서
꿈길을 헤매다가

그리움 가득 안고
새벽에 눈을 뜨는

언제나
외로움 가득
먼 길 가는 나그네여.

천국과 지옥 사이

1차선 달리는 길
앞서던 차 급정거에

놀란 눈 크게 뜨고
브레이크 꾹 밟아도

자동차
멈추지 않고 앞서던 차 눈앞 가득.

자동차 세우고서
통과한 길 바라보니

땀 흘려 달려온 길
천국과 지옥 사이

찾았던
저승사자도 경광등에 놀랐구나.

추석 전야

소나기 한 줌 내린 추석 전날 밤 하늘에
흰 구름 뭉게구름 쏜살같이 달려간다
두고 온 정다운 고향 보고픈 맘 여미고.

뭉게구름 사이사이 파란 하늘 손 내밀고
둥근 달 반갑다고 구름 사이 내달린다
잊었던 고향 친구들 어서 빨리 보고파서.

달그림자 길게 늘인 축축이 젖은 도로
그리움 눈물 되어 임 모습 가득하고
지나간 옛 추억들이 가을밤을 뒹군다.

밝은 달 밝은 별빛 밤하늘 밝게 비춰
고향 찾아 가는 길손 정다운 친구 되고
둥근 달 한 가운데엔 그리움이 머문다.

고구마

비바람
이겨내며
버티고 또 버티고

한여름 뜨거운 열에
온 몸이 데었어도

참아낸 세월이 모여 뿌리 굵어졌구나.

단풍

찢기고
터지어서
드러난 속살인가

고달픈
세상살이
피맺힌 절규인가

발갛게 타오르는 불
산골짜기 덮히네.

포탄 되어 날아와도

서해바다 최북단의 북한 땅 마주한 곳
십여 년 전 연평해전 아직도 생생한데
무차별 해안포 공격 곳곳마다 솟는 불길.

백오십 적의 포탄 무차별 쏘아대도
말로는 강경 응징 대응은 팔십 여발
그러니 얕잡아보고 무력도발 일삼지.

햇볕이 따스하면 입었던 옷 벗는다며
십년간 사십억 불 포탄 되어 날아와도
말 많은 어느 정당은 무력 보복 반대한대.

천칠백 연평 주민 누굴 믿고 거기 사나
포화에 불이 붙어 집과 산 다 태워도
정치권 고작 하는 짓 말잔치만 풍성하네.

눈 오는 날

검은 빛 포장도로 칙칙해 싫다하며
갓길부터 안쪽으로 하얗게 물들이니
산과 들 모두 흰 세상 마음마저 하얗다.

함박눈 쏟아지는 잿빛 하늘 어두워도
하얀 눈 맞으면서 공차는 아이 가슴
눈 쌓인 운동장에는 파란 꿈이 영근다.

자동차가 그린 그림

이른 아침 눈이 내려 도화지 된 주차장에
차 세워 돌아서니 네 바퀴 그린 그림
하얀 색 한 가지여도 피카소가 놀라겠다.

어제 그제 매일 같이 주차장에 차 세워도
바퀴가 그린 그림 보이지 않더니만
곧은 선 굽은 선들이 하늘까지 닿았다.

마음이 가난하면 보이지 않는다지
세상살이 힘들어서 돌아볼 여유 없어
남의 삶 내 것 아니어 남으로만 있었구나.

시골 장날 시내버스

동트기 전 마을 찾는
덜컹대는 시내버스

오일장 찾는 이들
두 손 가득 움켜쥐고

뱃속이
울렁거려도
찾아줘서 고맙대요.

이웃집 할아버지 옆 마을 할머니들
여름내 흘린 땀을 보자기에 싸매 들고
주름진 얼굴 가득히 미소 담아 하루 여네.

박영감 둘째 손자 서울대에 합격했대.
김가네 손자 놈이 사법고시 붙었다네.
촌사람 하나 되어서 축하하는 잔치 마당.

기쁨 슬픔 아픔 모두
낡은 차에 가득 담아

하루가 다 가기 전
즐거움만 추려내는

고향의
넉넉함 배인
정 가득한 만남 터.

희한한 세상

단체관광 길나서니 동승한 안내원 말
즐겁게 안내하게 박수치고 웃으란다
여행객 도우려 않고 지 즐겁게 해 달래.

강연 나온 초빙 강사
시큰둥한 반응보고

충청도 사람에게
강의하기 어렵다네

청중이
강사 기분을
맞춰 달라 하네요.

학생의 능력 맞춰 지도할 생각 않고
깨닫지 못하는 탓 머리가 나빠서래
자기는 태어나 바로 두발로 서 걸었나.

네 탓이오

솜씨 없는 목수 양반
대팻날 탓만 하고

걸음마 초년 도공
찰흙 탓만 하는구나

멋진 집,
아름다운 도자기
고된 수련 결과인데.

아덴만의 여명

아덴만 서쪽 해상 졌던 해 뜨기도 전
울리는 함포소리 섬광탄 밝은 불빛
잠이 든 하늘의 별빛 포탄 피해 떠나고.

유디티 대원들의 신속한 작전 끝에
피랍된 삼호쥬얼리호 자유를 찾았구나.
육일 간 악몽 속 선원 새 희망을 찾았구나.

조국이 필요할 때 부름에 소명 다해
목숨도 두려워 않고 젊은 청춘 내어던진
장하다 한국의 건아 청해부대 용사여.

국가의 존재 목적 백성 생명 지키는 것
뒤탈을 염려 않고 진압 명령 내린 정부
북한이 도발하거든 아덴만을 잊지 마오.

* 2011. 1. 21. 아덴만에서 청해부대 최영함 장병들의
삼호쥬얼리호 선원 구출작전 성공 소식을 접하고

진주

겉보리
서 말이면
처가살이 마다는데

단칸방
더부살이
마음 졸인 지난 세월

그 인고
은은한 빛깔 뭇사람들 환한 미소.

3부

빈 가슴

택시

골목길
널따란 길
굽은 길 반듯한 길

부르는 곳 어디라도 곧바로 찾아가서

가고픈
목적지까지
옮겨주는 고마운 임

몸 아파
찾는 환자
자식 찾는 시골 노인

늦잠 잔 잠꾸러기 초행길 나그네들

세상의
온갖 꿈들이
줄을 잇는 좁은 공간

찻잎이 그린 등고선

산비탈 일구어서 심어 둔 차나무들
타는 햇볕 즐기면서 새 눈을 내미니
산골짝 흐르는 냇물 물소리도 흥거워라.

산비탈 비탈들을 나란히 이랑지어
이랑 따라 심은 나무 온산을 물들이니
찻잎이 그린 등고선 아름다운 수채화여.

전망대 올라서니 남해바다 푸른 물결
바다 위 작은 섬엔 그리움 맴을 돌고
편백 향 오솔길 가득 지친 심신 달랜다.

골짜기 흐르는 물 이뤄낸 작은 폭포
폭포수 흰 물줄기 무더위 식혀주고
냇물에 발을 담그니 내 쉴 곳이 여기구나!

* 대한다원에서

하회 마을

낙동강 감아 돌아 강물이 흘러간다
사람들 살기 좋아 모여산지 육백여년
이름도 지형을 닮아 河回마을 이란다.

둥근 주머니 안 옛 모습 가득 남아
초가집 기와집들 온 동네 가득하고
간간히 열린 가게 안 오늘 모습 담겼다.

마을에 서있는 집 낙동강 향해 서니
방문을 열어두면 눈앞이 산수화라
그림을 아니 그려도 그림 속에 묻힌 마을.

옛 모습 그리다가 멀리서 찾은 발길
만송정 솔숲에서 흐르는 땀 말려가고
강 따라 불던 바람도 솔가지에 쉬어 가고.

둑길 너머 나루터엔 나룻배 흔들리고
사공은 배 위 앉아 흐르는 강물 보며
철없이 내리는 비에 눈 흘기고 있구나.

메밀꽃

파란 하늘 가득히 뜬
흰 구름 샘이 나서

초가을 너른 밭을
하얗게 물들였나

배고파
눈물 삼키던 그 얼굴들 섞어서.

소싸움

머리를
맞대고서
힘으로 밀치다가

지보다 세다 싶음
등 돌려 내달린다

제 주인
속 타는 마음
내 알 바가 아니라며.

지평선

해질녘, 가득 자란 노오란 벼이삭들
저마다 키 달라도 평평하게 이어져서
하늘과 마주 달리니 같이 익는 세월이여.

달리다 멈추어서 하늘과 맞닿으니
살다가 시린 가슴 하늘로 날아올라
쌓였던 지난 아픔들 구름 속에 녹는다.

* 정읍시 지평선축제장에서

벽골제

김제평야 너른 들이 목말라 갈증 일까
비류왕 가슴 졸여 길다란 둑 쌓으니
저수지 모였던 물이 지평선도 적셨던가.

포교리 월승리를 남북으로 가로지른
3킬로 긴 제방엔 옛 숨소리 가득하고
좁다란 저수지 안엔 가득 서린 땀방울만.

옥정호

섬진강 물 달려와서
쉬었다 가는 호수

파아란 하늘 녹아
물빛마저 파랗던가

옥정호
그리워 찾은
흰 구름도 푸르다.

푸른 물 부러워서
노송도 숨죽이고

구절초 하얀 꽃잎
뭉게구름 안에 숨나

살다가
지친 마음들
꽃잎 되어 떠간다.

남강 유등

강물 위 띄워놓은 오색 빛 유등 뗏목
강물에 출렁이며 푸른 물 비추어도
그날의 가득한 아픔 강바닥에 널렸구나.

달빛 젖은 촉석루 남강 위 가득하니
등빛도 흐느끼며 그 날의 혼 달래는가
유유히 흐르는 물에 흠뻑 젖은 그 옛날.

북한산 추경

수유리
들어서서
올려다 본 하늘 위엔

흰 구름 소리 없이 정든 곳 찾아가고

철 이른
차가운 바람
노송가지 울리는데

산 찾는
둘레길엔
나뭇잎 나뒹굴고

활엽수 울긋불긋 색색으로 물들으니

다람쥐
가을 반갑다
앞장서서 달리고.

붉게 물든
단풍 사이
굽어보는 노적봉은

봄부터 가을까지 땀방울 흘린 농부

그들 꿈
가상히 여겨
볏단들을 쌓았구나.

십이폭포에서

비단골 남쪽자락 성봉에서 흐른 물이
무자치골 골짜기를 깎아내고 다듬어서
십여 개 폭포 만드니 한 여름도 가을 되네.

맨 아래 제1폭포 시원한 물줄기가
이십 미터 절벽 따라 힘차게 내달리니
우렁찬 자연의 화음 산짐승도 즐겨 듣고

폭포 위 암반 위엔 새겨진 '艸浦洞天'
맑은 물 푸른 하늘 우거진 푸른 숲에
찾아와 풍류 즐기던 옛 사람들 자취 가득.

제일폭 바로 위에 비스듬히 넓은 바위
무자치 기어가듯 맑은 물 흘러가고
와폭 옆 바위 표면엔 도연명이 잠들었네.

푹 파인 홈통 따라 모여진 물 굽이치고
높다란 절벽에선 비단 폭 풀었는가
골짜기 흐르는 물이 파란 하늘 재운다.

맑은 물 벗을 삼아 폭포아래 올라서니
물안개 피어올라 수면 위 가득하고
보고픈 그리운 임은 구름 따라 떠가네.

영평사의 가을

장군산
기슭아래
가득한 하얀 물결

영평사 너른 마당 머무는 갈바람에

쉼 없이
가던 세월도
발길 멈춰 서있다.

빈 가슴

한 겨울 내린 눈이 녹아내림 서러워서
산과 들 펼친 자락 개지를 못 하는가
바람에 이는 파도만 꿈을 같이 꾸자하네.

눈 덮인 들 위로 기러기 줄져 날고
채석강 앞 바다에 별빛 달빛 너울대니
빈 가슴 허전한 마음 모래 위에 뒹구네.

* 대명리조트에서

추풍령

서울과
부산 사이
이곳이 중간이래

구름도 쉬어가고 바람도 잠자는 곳

나그네
덩달아 쉬니
외롭지가 않다네.

4부

채석강 낙조

도산서원에서

좌청룡 우백호라 명당 터 다듬은 곳
안동호 푸른 물에 너른 들판 한 눈 가득
빼곡한 선생 유품들 가는 세월 잊었다.

정문 앞 마당 한 쪽 우물 이름 열정이래
예부터 지금까지 맑은 물 솟아나니
선생의 덕과 학식이 우물 안에 가득한데.

惻隱之心 辭讓之心 羞惡之心 是非之心,
七情을 다스려서 바르게 살란다
이 세상 여행 마칠 때 후회하지 않도록.

* 四端
측은지심惻隱之心 : 불쌍히 여기는 마음
사양지심辭讓之心 : 양보하는 마음
수오지심羞惡之心 : 부끄러워 하는 마음
시비지심是非之心 : 옳고 그름을 판단하는 마음

* 七情
희喜 : 즐거워함   노怒 : 노여워함   애哀 : 슬퍼함
구懼 : 두려워함   애愛 : 사랑함   오惡 : 미워함
욕欲 : 욕심을 부림

무섬마을 水島里

내성천
감아 돌아
모래 쌓은 모래톱 위

예부터 사람 모여
전통마을 이뤄 사니

한가한
고향의 정취
여기 가득 머물러.

흐르는
내성천엔
하얀 모래 흘러가고

은백색 모래 위의 외나무다리 위엔

추억을
가슴에 쌓는

찾는 발길 바쁘고.

해우당,
만죽재 등
고색창연 50여 고가

오늘에 살아 숨 쉬어
옛 모습 자리하니

물 위 뜬
한 송이 연꽃
신선 쉬던 그 자리.

판문점 공동경비구역(JSA)에서

비무장 지대 안의 우거진 잡목 숲엔
맨몸으로 맞서 싸운 젊은 청춘 애처로워
하늘도 그 혼 달래려 불던 바람 재우는가.

북녘 땅 넘는 길목 돌아오지 않는 다리
다리 앞 길 가운데 쇠말뚝 깊이 박혀
한 핏줄 이별의 아픔 가득 안고 있구나.

세상을 놀라게 한 도끼만행 사건 현장
미루나무 섰던 자리 세운 표식 애처롭고
바람에 우는 억새만 그날 영혼 달랜다.

들어선 회담장 안 탁자 위 한가운데
휴전선 대신하는 마이크 잭 한가롭고
피맺힌 그 날의 아픔 좁은 공간 가득하네.

판문각 앞 한가운데 홀로 선 북한 병사
무엇이 궁금하여 망원경 눈에 대고
찾아간 남쪽 방문객 아래위로 살피는가!

60년 전 총성 포화 불에 탄 잿더미들
그 아픔, 그 슬픔을 한 아름 품에 안고
눈물도 메말라버린 한 가득한 판문점.

회룡포

태백산 능선 자락 휘감아 흐르는 물
낮은 곳 따라 흘러 만들어낸 복주머니
육지 속 섬마을이라 별칭까지 멋지구나.

내성천 양쪽 가에 물 흘러 쌓은 모래
석양에 반짝이니 가던 구름 멈춰 서고
노닐던 물고기들도 은모래에 취한다.

마을로 들어가는 나지막한 뿅뿅다리
흐르는 맑은 물을 소리 없이 굽어보며
섬마을 찾는 이들을 미소 지며 반긴다.

비룡산 칠부 능선 자리한 장안사의
추녀 끝 매어달린 풍경은 졸고 있고
회룡댄 찾은 이들로 외로움을 달랜다.

열사 일성 이준 묘소에서

일본의 강제 합병 천하에 알리려다
왜놈들 훼방으로 그의 뜻 못 이루니
울분을 참지 못하여 이 세상을 뜨셨던가.

50여년 반세기를 이국을 떠돌던 혼
그리던 고국 땅에 묻힌 지 근 50년
북한산 언덕 위에서 조국 번영 염원하네.

묘역으로 오르는 길 오솔길 양쪽 가에
살아서 남긴 말씀 표석에 길이 남아
또 다시 망국 설움을 반복하지 말라네.

* 〈열사 이준의 7혼〉
독립자유의 혼, 동족애호의 혼, 대의명분의 혼
일치단결의 혼, 건설개척의 혼, 세계협화의 혼, 살신성인의 혼

주왕산에서

주왕산 국립공원 매표소 지난 터에
삐딱이 서 손님 맞는 돌탑모습 흥미롭고
옛 고찰 대전사 뜰엔 신라 천년 머무네.

주왕의 지략 안은 기봉은 하늘 이고
대전사 기와지붕 빙긋이 굽어보며
골바람 가득 안고서 찾는 발길 반기나.

자하교 가는 길가 흐르는 계곡물엔
천년을 하루같이 구르고 깎이면서
제 고향 떠나온 돌만 이사 갈 날 기다리고.

계곡 가 돌 틈에는 수달래 나무 가지
주왕의 맺힌 한을 풀어주려 기도하며
내년 봄 선홍빛으로 물들일 날 기다리네.

촛대봉 수직으로 골바람 막아주고
제비가 나는 듯이 주왕암 외로이 서
주왕의 못 이룬 꿈을 풍경 울어 달래는가.

주왕암 오른쪽의 절벽 사이 작은 협곡
하늘을 가린 암벽 조그만 작은 동굴
주왕의 슬픈 전설들 낙수 따라 울린다.

학소대 가는 길목 오른쪽에 우뚝 서서
피난살이 한 맺힌 삶 양팔로 보듬었나.
왕손이 숨어살았던 한 가득한 급수대여.

학소대 쉼터 서니 반겨 맞는 기암절벽
왼쪽의 묘한 암봉 떡 찌는 시루 닮아
이름은 시루봉이나 노년 모습 서렸다.

오른 쪽 수직바위 살던 학 자취 없고
바위 위 먼지 쌓여 잡목만 한가로워
덧없이 흐르는 세월 가슴 속속 서럽다.

골짜기 흐르던 물 바위벽 떨어지니
층층이 폭포 이뤄 그 아래 물이 가득
가득한 슬픈 사연들 맑은 물로 씻으라네.

격포해수욕장에서

시월 보름달이 바닷물 들이마셔
채석강 앞 바닷물이 저 멀리 물러서니
하얗게 드러난 바닥 여인 알몸 닮았구나.

흰 모래 끝에 걸친 조그만 암초 위엔
키 작은 해초들이 햇살에 반짝이고
오가는 갈매기들의 미래의 꿈 여물고.

채석강 앞 바위틈에 달라붙은 굴 무리들
해뜨기 전 찾아 나선 아주머니 손놀림에
입었던 옷 모두 벗고 찬바람에 떨고 있다.

일찍 뜬 가을 햇빛 창살을 두드리니
한 곳에선 굴을 캐고 다른 곳은 흥정하고
물 빠진 해수욕장에 작은 세상 열렸다네.

햇빛에 반짝이는 널따란 백사장엔
나란히 팔짱끼고 도란도란 걷는 발길
걸어간 발자취 위에 그들 사랑 머무는데.

혼자서 걷는 발길 그리움 여울 되어
반짝이는 수면에서 잔파도와 춤을 추네
되돌릴 수 없는 세월을 내가 어찌 하라고.

채석강 낙조

암벽서가 싫더란다
암맥도 싫더란다

잔파도 하늘대는
바닷물이 좋더란다

바람도
머물다 가는
서해바다 더 좋단다.

붉은 해 너울대니
바닷물 황금 되고

황금물결 부럽다고
작은 보트 달려간다

보트도
배 탄 사람도
황금물을 들이며.

내소사 전나무 숲길

내소사
가는 길가
양쪽에 자란 나무

하늘 향해 팔 벌리고 빼곡이 도열하니

구름도 오가지 못해
내소사 뜰
훤하네.

능가산
뿜는 기운
전나무 고운 향기

둘이서 하나 되니 새 생명도 반긴단다

바른 몸 고운 맘으로
밝은 세상
열려고.

도솔암에서

가을 끝
산사 추녀
떠가던 구름 쉬고

가는 가을 아쉬운지
찾는 이가 반가운지

마애불 옆의 단풍잎 차가운 흙 싫다하네.

작은 절
불당에는
자비로 가득한 맘

옆에 선 암봉 위엔
산 좋아 찾은 발길

할딱 숨 가득한 가슴 그리움이 맴돈다.

거가대교

부산 신항 옆길 돌아 고갯길 넘어선 곳
사장교 아취모양 바다 위에 둥실 떴고
작은 섬 한 쪽 바다엔 푸른 하늘 춤춘다.

톨게이트 지나서니 휴게소 반겨 맞고
육중한 터널 입구 늘어선 밝은 전등
시멘트 긴 구조물이 늘어서서 반기네.

해저면 따라 놓여 내려가다 오르는 길
이차선 도로 따라 자동차 신이 나도
바다 밑 터널 만들던 땀방울이 베었다.

두 개의 교각 사이 기다란 상판 조각
가는 철선 꼬아 만든 쇠사슬에 의지하며
남해에 부는 바람을 두 팔 벌려 즐기는가.

남해에 떠 있는 섬 상판 위로 넘나들며
떠가는 흰 구름과 술래잡기 놀이하나
그린비 모습 그리다 푸른 바다 섬이 되네.

익산 미륵사지

용화산 연못에서 출현한 미륵삼존
그 흔적 보전하려 전 탑 낭무 세운 자리
비바람 거센 눈보라 석탑마저 병들었나.

천 사백년 긴긴 세월 아픔도 녹아내려
옛 자취 모습 잃고 모양 변한 돌무덤들
연못 안 얼음 뚫고서 갈대 잎만 슬피 울어.

월하성 포구

찬바람 솔숲 사이 머물다 다시 가고
작은 포구 아름다워 달빛도 흥이나니
휘어진 해안선 모습 작은 성을 닮았다네.

썰물 때 밀려간 물 쌍도가 하나 되고
멀리 바다 뒤엔 군산 땅 여기저기
물 빠진 갯벌 위에는 조개 숨은 구멍들만.

장사해수욕장

봄 오는
소리 듣고
해풍도 반가웠나

썰물에 몸 드러낸
암초들 사이사이

파도가
밀어올린 물
시내 되어 흐른다.

부서지다
열병 앓아
모래 되지 못한 한에

파도에 밀려온 물
곧바로 되돌리나

걸어도

흔적이 없고

솔 그림자 외롭다.

강구항

봄바람 이는 항구 어선들 꿈을 꾸고
수족관 가득 가득 대게들 커다란 눈
푸른 물 가득한 고향 가고파서 눈물짓나.

호객꾼 외침소리 강구항이 놀라겠다
일면식 없는 이에 허리 꺾어 절을 하네
제 애비 제 할미에게 이리 한 적 없을 텐데.

5부

외출

갓바섬

유람선 물 가르며 달려가 도착한 섬
자동차 옮겨 타고 물 건너 고개 넘어
바닷가 언덕배기에 가득 앉은 삶의 터전.

서태평양 푸른 물결 햇볕에 반짝이고
상록수 파란 잎들 구름 아래 춤추는 곳
고달픔 모두 벗고서 별과 달 벗 되고파.

출렁이는 바다 위에 형형색색 수상가옥
요람에서 무덤까지 작은 배가 고향이라
물과 흙 사는 곳 달라도 나도 친구 너도 친구.

하노이 민속박물관

풀 나무
빼곡히 자라
산처럼 수풀처럼

베트남 전통가옥
민속자료 여기 저기

오십 여
민족의 혼이 곳곳에서 숨을 쉰다.

열대 지방
날 더워도
가릴 곳은 가려야지

목조각품 벗은 사내
남근이 유난히 커

지나는
여인네 눈길 모두 불러 모으네.

베트남 발마사지

저녁 먹고 찾아간 곳 가이드 꾐에 빠져
십칠팔 세 어린 처녀 가족 목숨 연명하려
마사지 물통 들고서 줄지어서 반기는 곳.

뜻 모르는 한국말을 간간히 섞어 쓰며
마누라도 안 반기는 부르튼 발 주무른다.
모진 것 사람의 목숨 거미줄 치랴마는.

주워들은 한국말에 몸동작 얼굴 표정
언어는 꽤 달라도 그녀 말뜻 알 수 있어
웃으며 보내는 시간 한 시간이 잠깐이라.

발끝부터 온 다리를 주무르고 두들기고
여린 손 가늘어도 주무를 땐 억센 사내
소문난 명의 화타도 이 처녀만 못하겠지.

하노이 성당

하노이시 한 복판
대로변에 우뚝 섰다

사회주의 국가에도
하느님 계시다고

서양식
커다란 성당
십자가상 환하다.

성당 안 넓은 공간
기다란 나무 의자

십사처 넣은 액자
숨소리도 멈춰서고

십여 명
무릎 꿇고서
무슨 소원 비는가.

베트남 하느님도
내 하느님 닮았을까

성당 모습 비슷해도
하느님 말씀 똑같을까

제대 뒤
하느님께서
바보 된 나 보고 웃네.

하노이시 출근 시간 풍경

아오자이 펄럭이며
긴 머리 흩날리며

색색의 오토바이 달리다 멈춰서고

신호등
색이 바뀌면 무리지어 달려가고.

오토바이 숲 사이로
자동차 한숨 쉬고

씨크루 끄는 손길 뼈마디 굵직굵직

노점상
외치는 소리 목 가득히 굵은 힘살.

하롱베이

하노이 동쪽 해변 푸른 바다 넘실대고
자연이 깎아 만든 삼천여 바위섬들
유람선 가르는 물살 갈매기도 흥겹다.

하늘문, 천궁동굴 007네버다이 촬영 장소
눈 돌려 바라봐도 섬마다 절경인데
꿈에 본 신선 놀던 곳 그 장소가 여기던가!

쑤완나폼 국제공항

더운 공기 가득한 검은 빛 활주로에
열기 가득 아지랑이 하늘 향해 아물아물
착륙한 여객기 모습 아지랑이 뒤에 숨고.

국제공항 대합실엔 조각상 눈길 끌고
찬란한 금빛 색깔 줍느라 바쁜 손길
오가는 여행객들로 하루해도 짧다네.

농녹 빌리지

천연의 정원처럼 열대 숲 빼곡한 틈
기다란 길가 따라 빛 고운 꽃 가득하니
벌, 나비 꽃을 찾아서 해지는 줄 모르는가.

호수가 상록수에 앉아서 쉬던 태양
더위에 지쳐선지 떠날 줄을 모르고
수면에 몸을 맡기고 망중한에 젖었구나.

꽃에서 나는 향기 정원에 가득하니
수십 만 평 넓은 정원 눈 안에 모두 들고
길가에 걸린 옥수수 황혼 빛에 수줍다.

로얄드레곤

수만 평
넓은 정원
곳곳마다 둥실 뜬 집

별빛이 등불 되어
맑은 호수 한낮 되고

식탁에 차려진 음식
하늘 가득
수면 가득.

산호섬

유람선 가르는 물 하얗게 부서져서
백사장 고운 모래 흰빛으로 물들이고
상록수 파란 잎들에 바다 또한 푸르네.

해수욕장 바다 위를 달리는 바나나보트
가르는 푸른 바다 흩어지는 한낮 열기
휘어져 감기어 돌다 바닷물이 친구된 걸.

구명조끼 착용한 후 가는 밧줄 의지한 채
보트에 몸 맡기니 태평양도 작은 바다
하늘을 연되어 난다 한 마리 새가 된다.

알카자쇼

안내원
상투적인 말
못 보면 후회한다.

성전환 남자들이 여자 되어 사는 세상

하느님
외면하셨나
당신 뜻 어긴 삶을.

세상 살기 편하기는
남자보다 여자라지.

편한 삶 찾으려면 베트남에 가서 살지

부모님
주신 육신을
제 멋대로 왜 바꿔.

짜오프라야 강

방콕시내 남북으로 흐르는 짜오프라야 강
중국대륙 흘러온 물 황금빛 녹아들어
사계절 변함이 없이 노을 함께 노닐어.

강위에 말뚝 박아 기둥을 매어달고
크고 작은 수상가옥 강물 위서 잠을 자네
관람객 태운 유람선 홍얼대는 자장가에.

관광 상품 가득 실고 노 젓는 여인네는
유람선 사이사이 바쁘게 넘나들고
강물 속 물 반, 고기 반 메기들로 넘쳐나고.

강가에 자리 잡은 아름다운 새벽서원
유람선 승선요금 승려는 공짜란다
이발료, 승려복 구입 배보다 배꼽 큰가.

태국 왕궁

정원수 파란 물결 흰 구름 발길 묶고
늘어진 추녀 끝에 멈춰선 적도 햇살
금으로 장식한 궁전 황금물결 출렁이고.

구름에 가린 햇살 숨고르기 하는데도
수은주 높이 올라 이마에 맺히는 땀
민소매, 짧은 치마에 슬리퍼도 안 된다네.

국민들 추앙하는 태국 국왕 산다 해도
입장료 받고서는 관람객 통제하니
손님들 불러놓고서 지나쳐도 유분수지.

푸미폰 태국 국왕

19세 젊은 나이 국왕의 지위 올라
유학간 타국에서 간병하던 태국 처녀
그녀와 맺은 첫사랑 지금까지 이어져.

65년 긴 세월을 하루도 변함없이
격변의 세월 헤치며 서민과 함께하니
거리에 걸린 초상화 국민 사랑 거기 있네.

서호

항주 서쪽 흘러가는 전당강 포구 막아
맑은 물 가둬두니 달, 안개 찾아오고
호수 내 세 개의 섬은 별빛 불러 모으네.

바람에
나부끼는
버드나무 잔가지들

숲 사이 날아갈듯 호숫가 정자, 누각

소동파
西施그리며
술잔 기울였던가.

西施의 아름다움 잊지 못해 西子湖라
이태백 술 벗하며 서시를 만나던 곳
둥근 달 물 위에 뜨니 절세미인 부러우랴.

호수에
달이 뜨니
밝은 달 세 개라네.

술잔에 잠긴 달 하늘에 떠 있는 달

배 띄워
잔 기울이는
나그네 마음의 달.

서호의 밤

거대한
중국대륙
지나온 긴 과거들

화려한 무대 위에
노래와 춤에 담은

관람객
가슴 녹이는
다섯 편의 서사시.

杭州 雷峰塔

南屛山 기슭에서 西湖를 굽어보며
천여 년 세월 동안 백성 아픔 같이 한 곳
불에 타 흔적만 있다 옛 모습을 찾았다지.

뇌봉탑 오르는 길 에스컬레이터 이채롭고
원탑의 옛 잔재들 지난 세월 눈물 일어
구리로 만든 기와들 처마 위에 누워 자네.

팔각형 오층탑을 엘리베이터 타고 오르니
뇌봉탑 넓은 천장 황금물결 출렁이고
서호 안 세 섬 사이로 저녁노을 내려앉네.

천도호 千島湖

절강성 서쪽 내륙 산 이어 둑 쌓으니
골짜기 물 가득 차 형성된 인공호수
일천 여 크고 작은 산 이름지어 千島湖라.

매봉도 정상으로 오르는 삭도에는
흰 구름 하늘 가려 호수의 물 더욱 맑고
눈 아래 삼백여개 섬 호수 속에 잠자네.

푸른 산 맑은 물이 사시사철 반기는 곳
바람이 지나다가 맑은 물 샘이 났나
잔물결 만드는 가락 호수 위에 흩어져.

황산 광명정

신발 끈 고쳐 매고
숨소리 거칠어도

광명정 황산 제2봉
봉우리 평탄하니

온종일
햇볕 쌓이는
동 서해의 조망대여.

* 광명정 : 높이 1840m의 황산 제2봉

황산 단결송

하나의 뿌리 위에
쉰여섯 가지 뻗어

쉰여섯 중국민족 단결하여 살라하네

비바람
눈보라쳐도
항상 푸른 소나무여.

황산 몽필생화夢筆生花

바윗돌 다듬어서
자연이 만든 붓끝

긴 시간 흘린 땀에
바위 끝 흙이 되어

한 그루
등이 휜 노송 주변 암벽 벗이라네.

황산 비래석

깎아지른
바위 위에
내려앉아 서있으니

찾은 이 매만지며
하늘 향해 소원 비네

세 번을
쓰다듬으면
명예, 재산 복 든다고.

* 높이가 12m, 길이가 7.5m, 너비가 2m, 중량이 360톤

황산 흑호송

천년을
하루같이
산 능선에 홀로 서서

하늘 향한 푸른 꿈
오래 전 비우고는

세상을
향하여 누운 검은 빛깔 호랑이여.

황산 합장봉

우뚝 선 수직절벽
틈 사이 솟아올라

스님은 길 떠나고 두 손 남아 기도하네

세상의
모든 중생들
극락 영생 누리라고.

황산 서해대협곡

수직절벽 허리감고 오르고 내리는 길
바위틈 쌓인 흙에 푸른 솔 자라나니
우주의 오묘한 신비 여기 모두 있구나.

암벽 틈 사이로 이어지다 솟은 길은
떠가던 구름 불러 빗방울 적시었네
힘든 몸 목을 축이고 황산풍경 즐기라고.

찻잎이 그린 등고선

김장수 시조집

발 행 일 | 2014년 2월 22일
지 은 이 | 김장수
발 행 인 | 李憲錫
발 행 처 | 오늘의문학사
출판등록 | 제55호(1993년 6월 23일)
주   소 | 대전광역시 동구 삼성1동 125-6 한밭오피스텔 401호
전화번호 | (042)624-2980
팩시밀리 | (042)628-2983
홈페이지 | http://www.lito77.co.kr(홈페이지)
전자우편 | hs2980@hanmail.net

공 급 처 | 한국출판협동조합
주문전화 | (070)7119-1741~2
팩시밀리 | (031)944-8234~6

ISBN 978-89-5669-595-2
값 8,000원